Luciano Junior

O Menino que cantarolava

CAPA
J. Lima/A Fábrica de Desenhos

DIAGRAMAÇÃO
Luciano Junior

REVISÃO
Bárbara Costa Ribeiro

Para todos aqueles que sabem que a vida não é um conto de fadas.

Era uma vez um reino chamado Lalaland. Nele vivia um honrável rei chamado Marcos III, e sua dama, a rainha Maria Joana. Juntos eles tinham duas filhas. A mais velha, de pele branca, olhos verdes e cabelos dourados como a mãe, Carlota, e de pele branca, olhos azuis, e cabelos negros como o pai, Marilucia.

Neste mesmo reino vivia também um jovem, de nome Joaquim, que era um tipo comum, pele morena clara, olhos castanhos e cabelo curto. Era um jovem tímido e forte de corpo, com uma personalidade própria extremamente definida. Ele era filho de um artesão da cidade, o senhor Jorge, um homem simples, mas de grande habilidade com as mãos. As pessoas acreditavam que a mãe de Joaquim havia morrido ao dar a luz a ele, afinal essa era a história que Joaquim e seu pai contavam. Mas a verdade era que sua mãe era uma famosa prostituta da cidade, que engravidou de seu pai, e assim que deu a luz entregou o bebê a Jorge e foi embora para outra cidade, e nunca mais deu notícias.

Joaquim tinha um sonho, um sonho desde criança, quando seu pai o levava ao teatro e ele via aqueles maravilhosos artistas, cantando, dançando e atuando. Seu sonho era ser como um daqueles, ele queria ser um artista. Porém havia problemas quanto ao seu desejo, ele não tinha uma voz boa, era tímido e desengonçado, ou seja, nunca poderia desempenhar tal função dessa maneira.

E ele sabia disso, por isso pedia a sua fada madrinha para que desse um jeito de realizar seus sonhos. Só que nesse reino fantástico as fadas madrinhas eram privilégios dos nobres. Já que anos atrás o reino das fadas estava à beira da ruína, e o antigo rei de Lalaland, Artur XXIV "o insaciável", fez um acordo com as fadinhas, ele as ajudaria, mas em troca elas atenderiam apenas os nobres.

Anos se passaram e o pacto nunca foi desfeito. Porém o rei Marcos III era um homem de honra e honesto, e por isso integrou os populares com os nobres, e só assim foi possível que Joaquim e a filha do rei, Marilucia, pudessem estudar juntos. Aliás, sua rainha também não era da nobreza, ela era filha de um fazendeiro, um fazendeiro rico, mas um fazendeiro, e não pertencia a nobreza. Até que o pai de Marcos III, o rei Ferdinando XV, morreu, e Marcos III, que se chamava Giuliano e tinha 16 anos na época, precisou arrumar uma rainha, e surpreendendo a todos escolheu uma garota de fora da nobreza, formando assim um reino de integração.

Joaquim estudava na mesma escola que Marilucia, mas nem olhava para ela, mas não porque ela era da nobreza, e sim porque sua paixão era Carlota, a primeira na linha de sucessão, que também estava no mesmo colégio que os dois. E Marilucia ficava triste por isso, já que ela escondia uma paixão pelo filho do artesão, e sabia da paixão dele por Carlota, e sabia também que ela não se interessava por ele, pois assim como muito dos outros nobres, e diferente de seu pai, Carlota queria se casar com alguém da nobreza.

Todo dia antes de dormir Joaquim fazia sua oração ao deus Kahll, protetor de Lalaland, e também solicitava sua fada madrinha, mesmo sabendo que ela não iria aparecer, pois já havia lido nos livros de história sobre o pacto do diabólico rei Artur XXIV.

Até que um dia, ao solicitar por sua fada madrinha, como num passe de mágica ela apareceu.

- Fada Madrinha! – disse Joaquim, espantado.
- Sim, querido Joaquim, tu me solicitaste, estou aqui, diga-me o que desejas – disse a doce e bela fada.
- Como? Como a senhora apareceu, vocês fadas não são privilégios dos nobres?
- Primeiro não me chames de senhora, sou muito jovem e bela para isso. Segundo sempre apareceremos para aqueles que nos desejam de todo coração, e tu és um desses.
- Ô querida fada, tenho tantas coisas para dizer.
- Então diga meu jovem, sou toda sua.

- Bom, fada, é assim que devo lhe chamar ou tu tens nome?
- Tenho nome sim, me chamo Isaviana, mas podes-me chamar de fada mesmo.
- Então fada, gostaria de ser um grande artista, gostaria de poder cantar, dançar e atuar, e quem sabe um dia estar presente numa daquelas peças que meu pai sempre me leva. É isso que quero.
- Esse é teu desejo?
- Sim.
- Então saibas que com ele vêm responsabilidades que devem ser cumpridas.

E como num passe de mágica a fada madrinha balançou sua varinha, um brilho intenso saiu dela e Joaquim pegou no sono.

Quando acordou já não era mais o mesmo. Escutou alguém bater na porta e dizer que ele estava atrasado, era a voz de seu pai, mas Joaquim não sabia para o que estava atrasado, afinal era domingo. Mas ele não sabia de muita coisa, lembrava apenas de um sonho estranho sobre uma fada e desejos realizados, mas sabia que as fadas eram privilégios dos nobres.

Ao levantar-se da cama percebeu que seu quarto parecia diferente, mas mesmo assim ainda era o mesmo. Ao sair do quarto e olhar a sala percebeu que a casa ainda era a mesma, mas tinha coisas diferentes, como um sofá de couro de carneiro, coisa que só os nobres possuíam, e viu sentado nele duas pessoas, um era seu pai, que vestia uma roupa de nobres, e outro homem, de olhos verdes e cabelo loiro. Ele ia se aproximando dos dois e tentando identificar o homem de olhos cor de esmeralda, e ao chegar mais perto o identificou, era Carlos Masserati, um famoso escritor de peças de teatro, um nobre das palavras.

- Filho, sabes quem é este? – perguntou o pai de Joaquim.
- Não – respondeu Joaquim, mesmo sabendo quem era, mas ainda assim não acreditando.
- Este é Carlos Masserati, grande artista das palavras, e ele veio-te ver.
- Ver-me? Para que?

11

- Este glorioso homem vem vendo tuas apresentações musicais nos reinos. Ele é um admirador da tua voz e quer saber se estás disposto a entrar para o mundo do teatro, onde poderás também atuar e dançar.

Joaquim cumprimentou o homem, mas ficou espantado, olhou para a estante da sala, e para outros móveis e entendeu tudo. Aquele sonho foi de verdade, ele agora era um famoso artista, que até então era considerado um gênio da musicalidade. Ele percebeu que vinha cantando e encantando plateias com sua voz, olhou para o calendário e percebeu que fazia um mês desde o dia que ele teve o sonho. A fada madrinha realizou seu sonho e o transportou para um mês depois daquele memorável dia.

- Sim, lorde Carlos, seria uma honra para mim poder entrar para a tua Companhia, a qual guardo tanta admiração pelos anos que sentei naquela plateia e pude admirar teus artistas – disse o garoto, com voz de homem.
- Será uma honra trabalhar contigo – respondeu o admirável Carlos e se despediu, deixando apenas uma carta para ser assinada, que servia de contrato e dizia onde e quando Joaquim deveria estar para começarem os ensaios.

Chegou o grande dia, era a primeira apresentação da peça, que tinha no elenco o jovem Joaquim, de apenas 14 anos, que se tinha tornado um fenômeno com sua bela voz, e que agora iria estrear na quinta arte.

As cortinas se abriram, os espectadores se mexiam nas cadeiras para achar a posição mais confortável. Nos camarotes os nobres se sentavam, inclusive a Família Real, todos pareciam felizes e admirados com o que estava por vir, e Marilucia tinha na face um sorriso capaz de derreter os corações mais gélidos, afinal era seu amado que estava a entrar no palco.

- Que mundo é esse, em que um homem vai preso por tentar

buscar alimento para garantir a sobrevivência de sua família? Que mundo é esse! Uma utopia? Uma blasfêmia? Inaceitável! – palavras do apresentador da peça.

A peça que estava para ser encenada era chamada "O homem que roubava limões", e contava a história de um homem de família muito pobre, que precisava roubar alimentos para que sua família pudesse comer, como peculiaridade o que mais ele roubava era limão, e é isso que a peça retratava.

Para as pessoas que assistiam, aquilo era uma utopia, afinal em Lalaland não existia esse crime, porque não havia "miseráveis". A parte mais pobre da população eram os camponeses, que trabalhavam para os ricos fazendeiros, e um deles havia-se tornado nobre, era o conselheiro do atual rei, que trabalhava nas terras do pai da rainha Maria Joana. Essa era a parte boa desse reino, todos podiam ser nobres, por nascimento ou por merecimento. Os nobres podiam se casar por amor, e os únicos crimes que aconteciam nessa cidade eram os de morte por desavenças. Mas como eram homens honráveis, eles juravam alguém antes de morte, e o jurado podia escolher: fugir do reino, ou ficar e lutar, havia sempre uma opção.

A peça continuava, e quanto mais coisas aconteciam, mais a plateia ficava admirada. Joaquim, com sua voz doce e aveludada, e sua brilhante atuação, além de sua leveza com os passos de dança, fazia a plateia ir à loucura. Primeiro ato e os espectadores já estavam delirando. Segundo ato e ninguém mais conseguia tirar os olhos do palco. Terceiro e último ato, as pessoas não tinham mais força para aplaudir aquela beleza. Ao acabar a peça os espectadores ovacionaram de pé, mais uma vez Carlos Masserati tinha feito um trabalho memorável, e Joaquim abrilhantou ainda mais a obra.

Nos bastidores foi uma alegria e só. Joaquim não acreditava no que tinha acontecido, ele que era tão tímido, havia conseguido apresentar está obra de arte, não sabia como, mas sabia exatamente o que fazer, e como fazer, sua voz não era mais

13

aquela de meses atrás.

Após a peça todos da Companhia foram convidados para jantar no castelo do Rei. Todos ficaram boquiabertos, porque era a maior honra para um não nobre, ser convidado para comer junto com o rei e sua família. E todos se arrumaram rapidamente, e cancelaram a comemoração que iam fazer no bar local, regado a muito vinho e cerveja. E não se espantem, em Lalaland não há regras para menores de idade, apenas para crianças, que são consideradas até os 12 anos, após isso eles já se tornam responsáveis, mas lá todos sabem suas responsabilidades e o que não devem fazer.

Ao chegar ao palácio foram recebidos pela Rainha, que cumprimentou todos e os levou a mesa. Quando chegaram à sala de jantar estavam sentados o Rei e suas filhas, ambos levantarem-se e cumprimentaram todos da Companhia. Sentarem-se à mesa e comeram um belo cordeiro, que o Rei mandou preparar após o primeiro ato da peça, quando viu que todos aqueles já mereciam esse belo jantar. Beberam também do melhor vinho, que era produzido no próprio Palácio, e usaram a louça de cristal, que é usada para convidados especiais não nobres, já que os convidados nobres comem na louça de diamante.

Após a bela janta haveria uma festa, onde os convidados poderiam dançar e tomar cerveja, bebida muito apreciada pela nobreza. Rei e Rainha dançavam no salão, porém suas filhas permaneciam sentadas. Até que Joaquim se aproximou das duas e chamou Carlota para dançar, ela relutou, mas seu pai e sua mãe a convenceram a ir. Marilucia continuou sentada, até que um jovem da Companhia a chamou para dançar, e ela foi.

A cada dia que passava mais e mais peças eram apresentadas, e cada vez mais Joaquim ficava mais famoso. Chegou a se apresentar para outros reis e rainhas de outros reinos, atravessou o Mar Estremo e cantou em cada reino do mundo.

Com o passar do tempo a fama subiu a sua cabeça, e Joaquim não era mais aquele cidadão de Lalaland que sabia das suas responsabilidades. Há tempos não visitava seu querido pai e nem dava mais notícias de sua existência. As únicas informações que o povo de Lalaland tinha sobre sua estrela eram suas apresentações, que muitas vezes eram trazidas de forma informal, por um parente distante de alguém que morava no reino.

Joaquim não sabia mais quem era, vivia uma vida regada a luxo, muita bebida e prostitutas, mesmo tendo apenas 16 anos. Queria agora apenas se divertir e aproveitar a vida que tinha o máximo possível, ao menos era o que usava como desculpa para suas extravagâncias.

Do outro lado do mundo estava Marilucia, que conversava com sua fada madrinha e pedia para que ela trouxesse Joaquim de volta, mas a fada nada podia fazer. Essas eram suas regras, uma fada nunca pode alterar a forma de ser de outra pessoa que não seja sua pupila, ou seja, ela poderia fazer Marilucia ficar exatamente da forma como Joaquim gostaria, mas não pode fazer Joaquim gostar dela. Foi por essas regras que o mundo das fadas quase acabou, elas não conseguiam mais realizar o desejo do povo comum, que queria apenas a mudança dos outros, enquanto os nobres pensavam apenas em si. Por isso o povo comum queria destruir as fadas, e o rei interveio, e como ele era extremamente diabólico, ninguém quis interferir.

- Ô querida fada, o que faço para tê-lo de volta? Tu não podes fazer nada?
- Não querida, adoraria poder ajudar teu pobre coração que tanto sofre, mas nada posso fazer.
- Queria tanto que ele nunca tivesse se tornado esse artista famoso, assim poderia ao menos vê-lo na escola. Mas ele já está formado, os artistas como ele têm o direito de se formar aos 15 anos, mas nós precisamos chegar aos 17 para isto. Talvez assim ainda pudesse tê-lo.
- Lembre-te sempre, se tiver que ser um dia será, nosso querido

deus Kahll se encarregará disso, ele sabe o que faz.
- Nossos poetas falam tanto sobre o amor, mas não conseguem acalmar meu coração. Oh, fada, ao menos isso podes fazer?
- Também não amada, o deus Kahll nos proíbe de mexer diretamente com os sentimentos humanos, se eu fizesse isso seria condenada a morte e tu nunca mais terias outra fada madrinha. Mas posso-te trazer sorvete, é sempre bom para gelar nosso coração que arde.
- Já que é a única coisa que podes fazer, traz para mim, de baunilha, por favor.
- É pra já.

Em um quarto de hotel dormia Joaquim, sem vestes e ao que parecia acabara de fazer uma festa no quarto. Ele acordou no meio da noite, e ao abrir os olhos viu um intenso brilho, quando se acostumou com a luz percebeu que era a tal fada madrinha que havia aparecido anos atrás.

- Fada Madrinha? O que fazes aqui? – disse Joaquim.
- Boa noite Joaquim! Vim aqui para levar o que não soubeste usar – respondeu a fada.
- Como assim?
- Quando te dei a chance de ser um grande artista, disse que teu desejo vinha com responsabilidades que precisavam ser cumpridas. Essas responsabilidades eram honrar teu pedido, e jamais perder o verdadeiro caminho da luz, aquele que aprendeste quando lias o Grande Livro de Kahll.
- Mas fada, não podes fazer isso, esse sou quem sou agora.
- Nada feito Joaquim, o que dou também posso tirar.

A doce fada balançou a varinha, e como num passe de mágica tudo foi desfeito, sua voz e seu jeito voltaram a ser como antes. Um brilho intenso saiu da varinha, e mais uma vez Joaquim adormeceu.

Ao acordar ele não era mais o mesmo, seu quarto parecia aquele velho de antes, seu pai bateu na porta e disse que ele estava atrasado. Ele levantou-se da cama e olhou no espelho, era o mesmo Joaquim de antes, só que mais velho. Abriu a porta do quarto e seu pai o mandou banhar-se rapidamente, afinal já estava quase na hora do primeiro dia de aula e ele ainda precisava tomar o café da manhã. Joaquim olhou no calendário e percebeu que agora ele já tinha 17 anos. Durante o banho tentou cantar, mas sua voz não era mais aquela doce e aveludada.

Chegou à escola e teve dificuldade para encontrar a sala, a verdade é que ele estava desnorteado, todo o seu grande sonho havia ido embora. Felizmente ele perdeu uma coisa, devido a tudo o que viveu, ele não era mais tímido, mas ainda continuava desengonçado, e descobriu isso na aula de dança, já que a escola prezava muito pelas artes.

Marilucia continuava a estudar lá, e os amigos de Joaquim ainda eram os mesmos. Dessa vez ele desistiu de Carlota, pois soube como ela era quando a conheceu em "sua outra vida". Ao passar por Marilucia ele olhou para ela discretamente, e ela deu um sorrisinho de canto de boca, ele ficou feliz, mas ainda estava muito triste pelo que sua fada havia feito.

Joaquim ficou triste por longos dias, e resolveu fazer algo. Coincidentemente nessa época, a esposa do seu professor de artes resolveu abrir uma escolinha para ensinar o canto as crianças. Joaquim não era mais criança, mas falou com seu professor, que falou com sua esposa, e permitiu que Joaquim pudesse fazer as aulas. Foi assim sua maneira de tentar reverter a situação, e quem sabe mostrar para sua fada madrinha que era aquilo mesmo que ele queria.

O tempo foi passando e Joaquim foi melhorando, melhorou tanto que durante a formatura do colégio havia uma cerimônia, que escolhia os melhores da classe, que seriam responsáveis por fazer uma bela apresentação para todos que estavam na festa. Eram escolhidos dois em cada categoria, dois alunos para uma espécie de peça, dois para criar e recitar um poema, e dois para uma apresentação musical. Na apresentação musical foi escolhido Joaquim para cantar, e Marilucia para tocar violino, o que os obrigou a conviver juntos por um tempo, já que precisavam ensaiar. Assim os dois ficaram amigos.

No dia da apresentação foi tudo maravilhoso, Joaquim e Marilucia foram aplaudidos de pé, e não só porque ela era da nobreza, mas porque eles foram maravilhosos. Joaquim foi convidado para cantar em algumas tabernas, e com o tempo melhorava cada vez mais a sua voz. Durante isso ele costumava conversar muito com Marilucia, eles tornaram-se grandes amigos depois do colégio. Numa dessas conversas Joaquim confessou seu desejo.

- Sabe Marilucia, meu desejo era ser um artista completo, poder cantar, atuar, e dançar também.
- E por que tu não treinas, assim como fizeste com tua voz. Lembro bem que antigamente nas aulas de artes não costumavas cantar, tinhas medo do que iam achar da tua voz.
- Mas treinar com quem? Não há ninguém que me possa ensinar.
- Olha, atuar eu não sei, mas se quiser posso-te ajudar na dança.
- Tu farias isto por mim?
- Claro, meu amor – a palavra amor saiu estranha, os dois se entreolharam e depois começaram a rir.

Marilucia tentou ajudar, e conseguiu, porém foi um trabalho difícil. No começo Joaquim estava muito duro, mas com o tempo seu corpo foi amolecendo, e ele começou a dançar bem. Com isso tentou entrar para uma companhia de teatro que estava à procura de um novo ator. Joaquim não era mais tímido, sabia como usar o corpo, e sabia muito bem atuar, ele já tinha mentido muito para o seu pai, com o objetivo de encontrar-se com a princesa as escondidas. O papel era pequeno, mas o suficiente para deixá-lo feliz.

A caminhada no mundo das artes começou para Joaquim, ele foi fazendo papéis pequenos, e conquistando seu espaço aos poucos. Ainda continuava amigo de Marilucia e conversava muito com ela.

- Finalmente Mari – ele já era íntimo – Estou conseguindo tudo o que quero, tenho tudo o que sempre quis.
- Bom para tu, eu ainda não tenho o que quero – disse Marilucia, com uma cara triste.
- E o que tu desejas? Tu podes ter o que quiseres, tu és uma princesa.
- Nem tudo.
- E o que queres?
- Tu não irias gostar de saber.
- Claro que sim, sabes que podes contar-me tudo.
- Tens certeza?
- Sim.
- Pois bem, eu te quero, te quero só para mim, quero poder ficar em teus braços e esquecer o tempo passar.

Joaquim ficou espantado, sua amiga na verdade gostava muito dele. Nesse momento não viu outra saída, colocou um de seus braços por trás da cintura de Marilucia, e o outro braço por trás da cabeça dela, puxou-a junto para si e deu aquele beijo, aquele beijo que todo apaixonado gostaria de receber de seu amado.

- Isso foi tudo o que sempre quis – disse Marilucia após o beijo.

Algum tempo se passou, e agora eles estavam namorando. O namoro era permitido em Lalaland, desde que o casal namore na sala da casa dos pais da garota, e se o namoro chegar aos 8 meses o casal é obrigado a se casar.

E sim, o namoro dos dois chegou aos 8 meses. Joaquim pediu oficialmente a mão de Marilucia ao Rei, que permitiu o casamento dos dois e abriu uma garrafa de champagne durante o jantar com as duas famílias. O pai de Joaquim, seu Jorge, abraçou o Rei com grande admiração, o Rei também o fez, ninguém sabia, mas o Rei ajudou Joaquim a vir a vida. A prostituta queria retirar o bebê, e Jorge gostaria de ter o filho, mesmo sem a mãe, então o Rei ofereceu dinheiro para que a prostituta pudesse ter o filho sem reclamar. Ninguém sabia também que Jorge acobertava as saídas do ainda então Giuliano para ver Maria Joana, que iria se tornar sua rainha, com a desculpa que estava ensinando a arte artesã ao filho do rei.

Um mês depois a cerimônia aconteceu, foi bela, os populares diziam que nunca viram tamanha paixão entre um plebeu e uma nobre, nem mesmo entre seus atuais reis. Com muita felicidade os dois foram para a lua de mel.

Lá chegando aproveitaram tudo, era um palacete, usado pelo rei de vez em quando, estavam apenas os dois nesse palacete. Ambos eram virgens, e nenhum dos dois sabia exatamente o que fazer, Joaquim tinha um pouco mais de experiência, pois se lembrava do que tinha feito em sua outra vida.

Ficaram uma semana em lua de mel, e puderam aproveitar muito, já que não tinham afazeres, pois durante o dia algumas arrumadeiras vinham e deixavam tudo brilhantemente no lugar certo. Numa de suas conversas saiu algo revelador.

- Nem acredito, agora nós dois temos tudo o que queremos – disse Joaquim.
- Realmente, e é até meio estranho isso tudo.
- Por quê?
- É que anos atrás eu pedi a minha fada madrinha que te desse tudo o que quisesses. Queria que tu aprendesses a cantar, e sim, eu já sabia que tinhas o sonho de ser cantor.
- E o que sua fada madrinha disse?
- Ela disse que não poderia fazer nada para alguém que não pediu. Então disse para que ela perguntasse a ti, eu sabia que pedirias o que eu havia falado, mas ela disse que não era assim que funcionava, e não falamos mais sobre isso.
- E como é o nome da tua fada madrinha? Elas têm nome não é? – perguntou Joaquim, espantado.
- Tem sim, cada uma tem um nome diferente. O nome da minha é Isaviana, mas faz tempo que ela não aparece para mim, e também não preciso mais dela, já tenho o que sempre desejei.

Joaquim ficou espantado, e agora tudo fazia sentido, mas ele não se preocupou com isso, agora ele já era um nobre. Sua vida nunca seria como aquela de outrora, ele nunca seria considerado um gênio das artes como foi, mas aquilo já era suficiente. Agora mesmo, aos 19 anos, ganhou o seu primeiro papel principal em uma peça, e era tudo o que ele queria.

Foi apenas isso que aconteceu, assim, dessa maneira, e foram felizes até o fim.

O AUTOR

Luciano Junior nasceu em 1995, numa cidadezinha no interior de Pernambuco, conhecida como Suíça Pernambucana, e também como a terra do ex-presidente Lula, Garanhuns. Começou a escrever em 2009, quando descobriu um negócio chamado Blogger, e de lá para cá nunca mais parou. Nunca foi apaixonado por livros, nem por suas histórias, até ganhar uma vaga como correspondente pela Editora Évora, e assim tomou gosto pela leitura, numa espécie de condicionamento mental. Em 2012 resolveu tomar um rumo diferente da maioria, percebeu que tinha muitas ideias loucas para contar, e que nunca poderia contar de forma oral, então decidiu escrever um livro, que está à procura de uma editora que queira publicar. Durante a escrita de seu primeiro livro, ele estava lendo outro livro sobre contos de fadas e principalmente Branca de Neve (Branca de Neve, Alexandre Callari, Generale), pensou então que a vida não era um conto de fadas, e precisava dizer isso às pessoas. Sua ideia então foi escrever um conto de fadas para dizer às pessoas que a vida não é um conto de fadas.

Nerd, escreve frases sobre suas decepções amorosas e tenta entender como a vida funciona. Apaixonado por internet, tecnologia, música, negócios, psicologia e principalmente mulheres. Gosta de definir o rumo de sua vida e dedica boa parte de seu tempo a escrever no seu blog.

Esta é sua primeira obra de ficção.

Site: lucianojunior.com
Twitter: @LucianoJuniors

Está obra é apoiada por: